어느 날, 도둑이 어부의 맷돌을 훔쳐 갔어요.
그 맷돌은 원하는 건 뭐든지 나오는 맷돌이었지요.
도둑은 맷돌로 무엇을 할까요?

추천 감수_ 서대석

서울대학교와 동 대학원에서 구비문학을 전공하고 문학박사 학위를 받았습니다. 한국구비문학회 회장과 한국고전문학회 회장을 지냈으며, 1984년부터 지금까지 서울대학교 인문대학 국어국문학과 교수로 재직 중입니다. 〈한국구비문학대계〉 1-2, 2-2, 2-6, 2-7, 4-3 등 5권을 펴냈으며, 쓴 책으로 〈구비문학 개설〉, 〈전통 구비문학과 근대 공연예술〉, 〈한국의 신화〉, 〈군담소설의 구조와 배경〉 등이 있습니다.

추천 감수_ 임치균

서울대학교 대학원에서 고전소설 연구로 문학박사 학위를 받고 현재 한국학중앙연구원 한국학대학원 어문예술계열 교수로 재직 중입니다. 한국학중앙연구원에서 문헌과 해석 운영위원으로 활동하고 있으며, 고전소설의 대중화 방안을 연구하여 일반인들에게 널리 알리는 일에 앞장서고 있습니다. 쓴 책으로 〈조선조 대장편소설 연구〉, 〈한국 고전소설의 세계〉(공저), 〈검은 바람〉 등이 있습니다.

추천 감수_ 김기형

고려대학교와 동 대학원에서 구비문학을 전공하고 문학박사 학위를 받았습니다. 현재 고려대학교 문과대학 국어국문학과 부교수로 판소리를 비롯한 우리 문학을 계승 발전시키기 위해 노력하고 있습니다. 쓴 책으로 〈적벽가 연구〉, 〈수궁가 연구〉, 〈강도근 5가 전집〉, 〈한국의 판소리 문화〉, 〈한국 구비문학의 이해〉(공저) 등이 있습니다.

추천 감수_ 김병규

대구교육대학을 졸업하고 한국일보 신춘문예에 동화가, 중앙일보 신춘문예에 희곡이 당선되면서 작품 활동을 시작했습니다. 대한민국문학상, 소천아동문학상, 해강아동문학상 등을 수상했으며, 현재 소년한국일보 편집국장으로 재직 중입니다. 쓴 책으로 〈나무는 왜 겨울에 옷을 벗는가〉, 〈푸렁별에서 온 손님〉, 〈그림 속의 파란 단추〉 등이 있습니다.

추천 감수_ 배익천

경북 영양에서 태어났습니다. 1974년 한국일보 신춘문예에 동화가 당선되었고, 〈마음을 찍는 발자국〉, 〈눈사람의 휘파람〉, 〈냉이꽃〉, 〈은빛 날개의 가슴〉 등의 동화집을 펴냈습니다. 한국아동문학상, 대한민국문학상, 세종아동문학상 등을 받았으며, 현재 부산 MBC에서 발행하는 〈어린이문예〉 편집주간으로 일하고 있습니다.

글 _ 신지은

부산대학교 대학원에서 국어국문학을 공부하고 계몽아동문학회에서 후원하는 제2회 황금펜아동문학상을 수상하면서 본격적으로 어린이 책을 쓰는 작가가 되었습니다. 2004년 국제신문 신춘문예에 당선되었습니다. 쓴 책으로 〈꼬리 빵즈〉 등이 있습니다.

그림 _ 류동필

홍익대학교 시각디자인과를 졸업하고, 여러 차례의 개인전과 그룹전을 개최하였습니다. 그린 그림으로 〈사진과 그림으로 보는 한국사 편지〉 시리즈를 비롯하여 〈생활사 박물관〉, 〈탑돌이〉, 〈은혜 갚은 소년〉, 〈소가 된 게으름뱅이〉, 〈이순신〉, 〈왕건〉 등이 있습니다.

소년한국
우수어린이
도서수상

〈말랑말랑 우리전래동화〉는 소년한국일보사가 국내 최고의 도서 제품을 선정하여 주는 **우수어린이 도서**를 여러 출판사의 많은 후보작과의 치열한 경쟁을 뚫고 수상하였습니다.

말랑말랑 우리전래동화 ㊲ 신비와 기적

신비한 맷돌

발 행 인 박희철
발 행 처 한국헤밍웨이
출판등록 제406-2013-000056호
주 소 경기도 성남시 분당구 금곡동 444-148
대표전화 031-715-7722
팩 스 031-786-1100
편 집 이영혜, 이승희, 최부옥, 김지균, 송정호
디 자 인 조수진, 우지영, 성지현, 선우소연
사진제공 이미지클릭, 연합포토, 중앙포토

⚠ 주의 : 본 교재를 던지거나 떨어뜨리면 다칠 우려가 있으니 주의하십시오.
고온 다습한 장소나 직사광선이 닿는 장소에는 보관을 피해 주십시오.

신비한 맷돌

글 신지은 그림 류동필

한국헤밍웨이

옛날 어느 바닷가에 조그만 초가집이 있었어.
그 집은 앞마루에 앉아 팔을 쭉 뻗으면
금세라도 손이 바닷물에 닿을 것만 같았어.
파도가 남실남실 앞마당을 넘나들고,
그 집에 사는 어부는 매일 고깃배를 저어
물고기를 잡으러 나갔지.

얼씨구절씨구 지화자 좋네,
어허영산 가래야하.
밀물에 천금, 썰물에 천금,
어허영산 가래야하.

그날도 어부는 고기잡이를 하고 있었어.
"이영차, 이영차."
어부는 힘겹게 그물을 건져 올렸지.
그런데 그물 안에 웬 거북이 들어 있는 거야.
'이야, 이놈 정말 크군. 이놈을 팔아
어머니께 보약을 지어 드려야지.'
그리고는 그물에서 거북을 꺼내려고 하는데
거북이 갑자기 눈물을 뚝뚝 흘렸어.
어부는 거북이 불쌍해서 도로 놓아주었지.

고기잡이를 마치고 집으로 돌아온 어부는
큼직한 물고기를 쳐들고 어머니에게 말했어.
"어머니, 오늘은 쓸 만한 게 이놈뿐이에요.
거북도 잡았는데 불쌍해서 놓아주었어요."
"아무렴, 잘했다. 잘했고말고."
어머니의 얼굴에 방실방실 웃음꽃이 피어났어.
"흥흥, 요놈으로 맛있는 반찬 만들어
몸통은 어머니 드리고, 꼬랑지는 내가 먹고."

그날 밤이었어. 어부는 바닷물에 발을 담근 채
휘영청 밝은 달을 바라보고 있었지.
그런데 바로 그때였어.
바다 저쪽에서 거북이 물고기들과 함께 다가오더니
앞마당에 맷돌을 턱 내려놓으며 말하는 거야.
"저는 용왕의 아들이에요. 저를 살려 주신 보답으로
원하는 건 뭐든지 나오는 이 맷돌을 드릴게요."
"원하는 건 뭐든지 나오는 맷돌이라고?"

거북은 맷돌을 빙글빙글 돌리며 주문을 외웠어.
"수리수리, 나와라 나와라 콩!"
그러자 맷돌에서 콩이 와르르 쏟아져 나왔지.
"수리수리, *갈무리 갈무리 콩!"
그러자 이번에는 나오던 콩이 딱 멈추었어.
"원하는 건 뭐든지 나오는 맷돌이지만,
반드시 곡식만 달라고 하셔야 돼요. 알았죠?
딴 걸 달라고 하면 맷돌을 멈출 수 없거든요."
거북은 거듭거듭 부탁을 하고 바다로 돌아갔지.

*갈무리 : 일을 처리하여 마무리하는 것을 말해요.

다음 날, 어부는 아침 일찍부터 맷돌을 돌렸어.
어머니도 눈을 둥그렇게 뜨고 옆에서 거들었지.
"수리수리, 나와라 나와라 쌀!"
그러자 하얀 쌀이 듬뿍듬뿍 쏟아져 나왔어.
신이 난 어부와 어머니는 흥얼흥얼 노래를 불렀지.

　　쏟아 주소, 쏟아 주소, 한가득 쏟아 주소.
　　오늘 먹고 내일 먹게 수북이 쏟아 주소.

어부와 어머니는 매일같이 맷돌을 돌리고 또 돌렸어.
어느새 어부네 곳간은 곡식들로 넘쳐 났지.

어부와 어머니는 곡식을 가난한 사람들에게 나누어 주었어.
어부네 앞마당은 소문을 듣고 찾아온 사람들로 북적거렸어.
"저도 쌀 한 가마니만 주세요."
"저도, 저도요."
"저는 콩 한 자루만……."
밤에는 맷돌을 돌리고 낮에는 나누어 주느라
어부와 어머니는 시간 가는 줄 몰랐어.

그러던 어느 날, 어부네 집에 도둑이 들었어.
도둑은 슬며시 곳간 문을 열었지.
그런데 곳간에 곡식이 산더미처럼 쌓여 있지 뭐야.
도둑은 서둘러 곡식을 훔쳐 가려다가
문득 이상한 생각이 들어 고개를 갸우뚱했어.
'어부가 무슨 수로 이렇게 곡식이 많지?'
도둑은 몰래 숨어 지켜보기로 했지.

이윽고 해가 지고 어둑어둑 *땅거미가 내렸어.
어부는 마루에 호롱불을 환하게 밝혔지.
그러고는 방 안에 꼭꼭 숨겨 둔 맷돌을 들고나와
빙글빙글 돌리며 주문을 외쳤어.
"수리수리, 나와라 나와라 보리!"
그러자 맷돌에서 보리가 펑펑 쏟아져 나왔어.
도둑은 눈이 휘둥그레지고 입이 쩍 벌어졌지.

*땅거미 : 해가 진 뒤 어둑어둑한 동안을 말해요.

어부와 어머니는 밤늦도록 맷돌을 돌렸어.
신이 나서 노래까지 흥얼흥얼 불렀지.
"돌리자 돌리자 신비한 맷돌을 돌리자.
빙그르르 빙그르르 요술 맷돌을 돌리자."
어느새 마당 한가득 보리가 쌓였어.
어부와 어머니는 얼른 멈추는 주문을 외쳤지.
"수리수리, 갈무리 갈무리 보리!"
그러고는 맷돌을 들고 방 안으로 들어갔어.
그제야 도둑은 곳간에서 살금살금 걸어 나왔지.

돌리자 돌리자, 맷돌을 돌리자.

도둑은 재빨리 마루 밑으로 가서 숨었어.
그러고는 방 안을 주의 깊게 살폈지.
'저 방엔 어부와 늙은 어미뿐이란 말씀이야.
잠이 들면 그때 슬쩍…… 히히.'
"드르렁 쿨쿨! 드르렁 쿨쿨!"
이윽고 방 안에서 코 고는 소리가 들려왔어.

도둑은 마루 밑에서 엉금엉금 기어 나와
방문 고리를 슬그머니 잡아당겼어.
방문이 삐거덕 소리를 내며 열렸지.
하지만 어부와 어머니는 그 소리도 못 듣고
계속 드렁드렁 코를 골며 잠을 잤어.
도둑은 얼른 맷돌을 집어 들고
배가 있는 바닷가로 부랴부랴 달려갔지.
그러고는 배를 타고 재빨리 노를 저어 도망쳤어.

도둑은 날이 밝고 나서야 배를 멈추었어.
그리고는 바다 한가운데서 맷돌을 돌렸지.
"수리수리, 나와라 나와라 콩!"
콩이 와르르 펑펑 쏟아져 나왔어.
"수리수리, 갈무리 갈무리 콩!"
쏟아져 나오던 콩이 딱 멈추었지.
도둑은 곡식보다는 소금을 원했어.
옛날에는 소금이 곡식보다 몇 배는 더 비쌌거든.
"수리수리, 나와라 나와라 소금!"

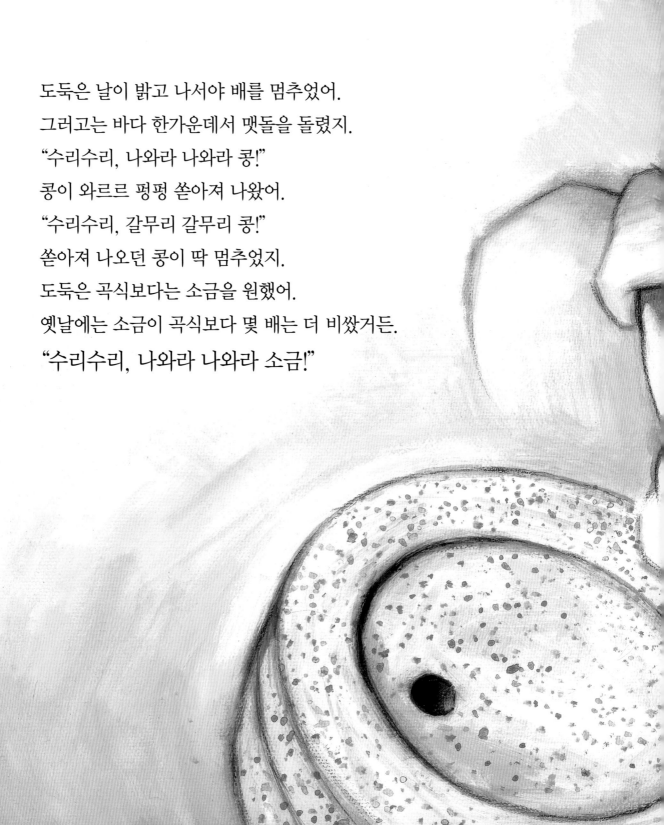

31

얼마 후, 소금이 쌓여 배가 가라앉을 것만 같았어.
도둑은 급하게 주문을 외쳤지.
"수리수리, 갈무리 갈무리 소금!"
그런데 이게 웬일이야. 맷돌이 멈추질 않는 거야.
아무리 주문을 외쳐 대도 소금은 철철 쏟아져 나왔어.
"수리수리 흑흑, 갈무리 갈무리 엉엉, 소금 꺽꺽!"
도둑이 탄 배는 바닷속으로 가라앉고 말았지.
맷돌은 바닷속에서도 쉬지 않고 돌았어.
그래서 바닷물이 지금처럼 짠 거래.

신비한 맷돌 작품해설

〈신비한 맷돌〉은 바닷물이 짠 이유를 재미있게 알려 주는 이야기예요. 우리 조상들은 주변에서 쉽게 볼 수 있는 맷돌을 보고, '맷돌을 돌릴 때마다 곡식이 나온다면 얼마나 좋을까?' 라는 기발하고 재치 있는 상상을 하면서 이 이야기를 만들었을 거예요.

바닷가 작은 마을에 사는 어부가 어느 날 거북 한 마리를 잡았어요. 어부는 눈물을 흘리는 거북이 안쓰러워 도로 놓아주었지요. 그런데 그 거북은 용왕의 아들이었어요. 거북은 자신을 살려 준 어부에게 보답의 뜻으로 원하는 건 뭐든지 나오는 신비한 맷돌을 주었어요. 다만 그 맷돌은 곡식만 달라고 해야 하는 맷돌이었지요.

신비한 맷돌을 얻게 된 어부는 밤새도록 맷돌을 돌리고 또 돌렸어요. 어느새 곳간에는 곡식이 수북하게 쌓였지요. 어부는 그렇게 얻은 곡식들을 가난한 사람들에게 나누어 주었어요.

그런데 어느 날, 어부의 집에 도둑이 들어 맷돌을 훔쳐서 배를 타고 달아났어요. 도둑은 맷돌을 돌리면서 소금을 달라고 했지요.

그러자 맷돌에서는 쉴 새 없이 소금이 쏟아져 나왔어요. 그런데 도둑이 아무리 주문을 외워도 맷돌은 멈추지 않았지요.

결국 도둑이 탄 배는 소금의 무게를 견디지 못하고 바닷속으로 가라앉고 말았어요. 지금도 바닷속에서 맷돌이 돌면서 소금이 나오고 있기 때문에 바닷물이 짠 것이래요.

〈신비한 맷돌〉에서는 아무리 좋은 물건을 가지고 있다 하더라도 나 자신만을 위해 사용한다면 가치 있는 것이라 할 수 없고, 작고 보잘것없는 물건이라도 여러 사람을 위해 사용한다면 큰 가치를 가지게 된다는 것을 알려 주고 있어요. 또한 자신이 가진 것을 어떻게 사용하느냐에 따라 그 가치와 의미가 달라진다는 것도 깨우쳐 주지요.

꼭 알아야 할 작품 속 우리 문화

맷돌

맷돌은 콩이나 녹두 등을 가는 데 쓰는 기구예요. 우둘투둘하고 둥글넓적한 돌 2개가 포개진 형태로, 윗돌에 나 있는 구멍에 곡식을 넣으면서 손잡이를 돌려서 갈지요. 주로 잔치 음식인 빈대떡을 만들기 위해 녹두를 가는 데 사용했답니다.

처마

처마란 지붕이 건물 밖으로 나온 부분을 말하는데, 한옥은 처마가 깊은 것이 특징이에요. 그 덕분에 여름에는 시원하고 겨울에는 따뜻하지요. 또한 처마 밑은 따가운 햇볕과 비를 피하기에 안성맞춤이어서 제비가 둥지를 틀기도 한답니다.

오곡

정월 대보름(음력 1월 15일)이면 우리 조상들은 풍년과 장수를 빌며 오곡밥을 지어 먹었어요. 오곡밥이란 다섯 가지 곡식이 들어간 밥을 말하는데, 그 다섯 가지 곡식을 오곡이라고 해요. 쌀, 보리, 콩, 조, 기장을 오곡이라고 부른답니다.

조상의 지혜를 배우는 **속담 여행**

〈신비한 맷돌〉에서 어부는 '신비한 맷돌'을 좋은 일에 사용했어요. 하지만 도둑은 어부의 맷돌을 훔쳐 자신의 이익만을 위해 사용하다가 큰 봉변을 당했지요. 여기에서 배울 수 있는 속담을 알아보아요.

남의 고기 한 점 먹고 내 고기 열 점 준다

적은 것이라도 남의 것으로 자신의 이익을 얻으면 나중에 큰 손해를 보게 됨을 비유적으로 이르는 말이에요.

전래 동화로 미리 배우는 교고서

 어부가 맷돌을 얻을 수 있었던 까닭은 무엇인가요?

🦀 여러분은 부모님에게 한없는 은혜를 받는답니다. 이러한 부모님의 은혜에 보답
하기 위해 여러분이 할 수 있는 일은 무엇이 있을까요?

🐟 다음은 맷돌로 곡식을 갈아 만들 수 있는 음식들의 사진이에요. 빈칸에 음식의
이름을 써 보세요.

  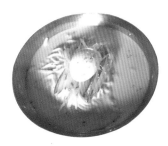

💜 1~2학년군 국어 활동 ②-나 9. 상상의 날개를 펴고 244~245쪽